曾经

周同馨 著

山西出版传媒集团

北岳文艺出版社

图书在版编目(CIP)数据

曾经 / 周同馨著. — 太原：北岳文艺出版社，2017.7
ISBN 978-7-5378-5234-0

Ⅰ.①曾… Ⅱ.①周… Ⅲ.①诗集—中国—当代
Ⅳ.①I227

中国版本图书馆CIP数据核字(2017)第116402号

书　　名　曾　经
著　　者　周同馨
责任编辑　马　峻
书籍设计　张永文

出版发行　山西出版传媒集团·北岳文艺出版社
地　　址　山西省太原市并州南路57号
邮　　编　030012
电　　话　0351-5628696(发行部)
　　　　　0351-5628688(总编室)
传　　真　0351-5628680
网　　址　http://www.bywy.com
E－mail　bywycbs@163.com
经 销 商　新华书店
印刷装订　山西人民印刷有限责任公司

开　　本　787mm×1092mm　1/32
字　　数　131千字
印　　张　7
版　　次　2017年7月第1版
印　　次　2017年7月山西第1次印刷
书　　号　ISBN 978-7-5378-5234-0
定　　价　28.00元

关于《曾经》

（也算自序）

　　如果说，写诗的人可以计算诗龄的话，我从最初写诗的1980年（那时还在山西大学中文系读书）算起，至今，诗龄已有37个年头了。

　　期间，诗歌的七弦琴在风风雨雨、俗俗雅雅、时断时续中漫不经心地弹奏着。生命也在希望、渴望、失望甚至无望中挣扎着。感谢命运，护佑许多文人和诗人似乎平平安安地活到了今年、今天。虽然诗歌早已从理想的天空降下来、落下来、坠下来，甚至被无情的现实磨盘碾压着、挤对着……顽强的诗歌依然歌唱着、呻吟着，依然还有一小批或一大批一如既往地爱着它的男男女女。

　　正义不死，理想不死，诗歌不死。虽然，我们的担忧，我们的忧患，我们的无奈好像越来越多了。

　　好了，言归《曾经》吧。

　　因了一些完美主义情结，因了一些无言往事，因了一些处世心态，因了一些文化堕落，从1988年我出版诗集《小城故事》至今，漫漫29年了，把一批零零散散的诗作再结集出书的愿望，被自己一次，又一次，再一次有意无意地搁浅。

反正早已不在乎什么成名成家，也早已不在乎什么附庸风雅，不在乎什么显山露水，甚至不在乎什么真情真爱……所以，任日子在随意间，随意地流淌向永不可逆转的神秘地方。以至不知哪一天，竟明晰地确认自己，喜欢上了四个老字：闲云野鹤。

及至真的倾慕闲云野鹤，心里也依然藏着一些如蕾的情愫，若有春风雨露扬洒而来，便也无声无息地发出一些新芽——早些时候，已有数十年友龄的老友、诗人边新文老兄来电：“你把你的诗作筛选筛选，咱们几个朋友琢磨着出个集子吧！”心里不禁怦然一动：“出爱情诗集！”

金钱是美好的，远方是美好的，真诚也是美好的。但这些的美好，在我内心某处，在某种意义上，似乎远不及诗歌与爱情美好。但是，再美好的东西，在一颗明晰喜欢闲云野鹤的心底，总会时不时地被淡然，被忽略，被舍得。

是呀，诗歌与爱情这两个既超凡脱俗又魅力无穷的尤物，已被我冷落很久了，而它俩的独生女——爱情诗，也同样被我有意无意地冷落了好久。

记得那还是某年深冬，一冬无雪。因了一些特别的心情，我在自己当时下乡的绛县小城写过一首小诗《盼雪》

（这次也被收入集子中），发表后，诗人、书画家郭新民老兄看到了，第一个发来短信，予以溢美，以致当时孤独在晋南小城的自己，滋生了一些重温爱情诗旧梦的冲动。但一回到省城，在文藤字蔓的繁杂编务中，在纷纷扬扬的应酬生活中，在暗流涌动的生存中，搁在案头的一摞情诗又被蒙尘了好多个日子。

多谢边新文老兄，"逼"我在懒散而随意的"业余"中，将这些或炽热或冷凝，或愉悦，或伤感，或无奈的老式诗句，像串铜钱似的串缀在一起。掸去岁月的风尘，这些诗，虽然难免显现笨拙，难免显现直白，难免显现落伍，但又似乎或多或少，或浓或淡地真实裸露着其迷离的风姿——真诚与曾经。

坦率地说，这些白话似的情诗绝大部分是因了一些情缘、情愫、情殇（三者总有些不同）而写的，影子无处不在。可这些影子有的是生活的，有的是艺术的，有的是自我的，有的是他人的，或者什么都不是，就是故事和影子本身！若有巧合，纯属偶然。

爱情是最复杂的，也是最简单的。说它复杂，人类对其已讨论过几千年了，今天依然还在不依不饶地讨论着；说它简单，不过就是四个字：灵肉纠缠。

爱情是最难的，也是最易的。说难，难到一生难求；说易，易到一见钟情。

所以，爱情的女儿——爱情诗，也一样是最复杂也最简单，最难也最易。它的真谛似乎可用一个字来点透，那就是"真"。然而，人生要真，爱情要真，文字要真，那是何其之难！何其可怕！赤裸裸地被人阅读，能够坦然吗？但情诗毕竟是诗歌，是艺术记录，是生活升华，更是曾经的感觉，曾经的飘忽，曾经的曾经……

我多次在闲谈中表述过自己的谬论，甚至把这个观点送给潞潞老兄当作找爱人的标准。即真爱的状态是"说不完，做不完，交流不完"……呵呵。

谨以此诗集，献给正在情爱状态中和正在憧憬状态和已逃离状态的男人和女人、男子和女子、男孩和女孩们……

献给曾经的她。

献给人间所有曾经真诚过的人。

谢谢所有帮助过我写诗，诱发过我写情诗，留意过我诗作的友人和高于、低于友人的人。真的谢谢你们！谢谢王建武先生在我55岁之际对我关于人生的提醒，更谢谢小强先生对《曾经》的督促！生命中刻录下许多该谢又不能直接言谢的人，恕不一一列举，也不宜一一列举。如果他们有缘看到这一短文，也许可以会心地一笑，可以会心地将我真诚的谢意，欣然纳入心间。

生活，因此有着无法言传的美好，有着让我隐隐怀念的、有诗为证的"曾经"……

2016年初夏再改；2017年初春又改

目录

依然在等

她还在

散装的爱恨

依然在等

在孤独中开始堕落

但在堕落中依然孤独地

等……

冬夜一男一女

城市越来越冷

噪音纷纷　如鸦群

覆盖芸芸众生

找个说清爽话的人难

觅个说清爽话的女人尤难

遇个说一夜透明话的好女人

更　难如上天宫

绿满偶然的夜

不太透气小屋中

两页心扉　居然

次第展翅凌空

在无缝无隙狭小空间

飞无穷

你吐你真

我坦我诚
真诚间　骤然发觉
你双眸已美到无法形容
如山井　清凌凌
小心　莫踏空

谢你伸出　那只纤手
提醒
我们什么都不是
可我们
似乎　又什么都是
只是　如猫岁月弓身
弓成一座高高的岭
翻山越岭吗？

休梦

就因为

就因为那条　蓝丝巾
有了那次偶然相送
就因为那次偶然相送
有了一段又一段同行路

就因为那个会心眼神
有了无数泪光相融
就因为那个即将废弃号码
有了无数个电话和短信
就因为那张偶遇后的圆桌
相约　无数午餐

就因为那本写尽天涯的书
有了清泉般交谈
就因为那个低低的做人调子
有了淡隐乡野话题

就因那次善意欺骗
萌芽无数弱弱真诚

就因为一些闪闪烁烁的灵气
有了一次又一次的相互阅读
就因为那盘天造地设的对弈
有了一盘又一盘的棋局
就因为2002第一场雪中承诺
有了三个字
一辈子

城市闪念

当谎言开始通存通兑
真诚
被贬得一文不值
顺浊流漂浮吧
在　无爱城市
享受无所谓

小人化装为君子
踱方步占据讲台
训诫　沉沦为小人的君子们
远方
恐怖消息
驾电波次第飞来

人心不断沉陷
只有把麻木家庭

迁往高层打发日子

平庸生活

在虚伪氛围中

竟显得

颇生品位

2月8日Ａ思绪

远飞之思念
就像
找不到方向的信鸽

今晚
你是大雾弥漫的机场
不得不关闭跑道

我不可能成为灯塔
为你指出明明白白航向
你也漫无目标地犹豫
尽管夜色越来越浓

等待已变得毫无意义
任由想你的心绪与城市寒风
一起　在赤裸大街恣肆

方正
你是女人
在意着身边的男人
我是男人
在意着不在身边的女人

2月8日夜B思绪

你曾给我太多权力
隐约间　又要收回
无法限制你应有行动
不为难　你的理性
只为难　我的思念

就像以手工惊喜
收藏了机制品
以纯金价格
购买了镀金
退货　绝无可能

整夜整夜等
一次又一次醒
无边煎熬
蚕食曾经的真

在无路旷野
你纵身一跳
我扯不住你的长裙
泪花与飞溅血花
交织凄美一景

灵肉之晶体
突然破碎
绝望后　我
蓦觉病愈般轻松

最好忘掉

最好忘掉自己是主角
免得责任与仪式与账单
列队来报到
最好忘掉今夕何年何月何日
免得细细时针尖刀
逼你一步步向老

最好忘掉白云下的故乡
免得夜阑梦断　魂寻魄找
最好忘掉那条玉带样的小河
免得城市臭水
将傲骨熏倒
最好忘掉屋檐下的升迁
免得脆弱尊严
被领导擀成面条

最好忘掉那个千娇百媚理想
免得现实老鸨　掏你钞票
最好忘掉许多电话号码
免得真真假假交际
垃圾股一样把你套牢

最好忘掉曾经牵手与相约
免得哪一个　伸利爪
抓破你迷离午觉
最好忘掉
忘掉你
忘掉你洁白诺言
本色微笑
让灵魂赤条条
向无奈未来纵情奔跑

换 季

最后一场冬雪
撒着漫天苍白纸钱
为自己　送葬

悲凉余音与寒风呜咽
还在黄昏幕后徘徊
春光这个　放荡的淫妇
迫不及待脱光内衣
扭着细软腰肢
昼夜与花草幽会

挡不住的野性与骑着阴风的广告语
诱发一场忍不住的变革
换季的洪水
淹没曾经矜持的大街小巷
所有名贵和保值

无奈中
不是打折　就是大甩卖

一冬呵护在樟木箱的
舍不得
突感一文不值

时间这只硕鼠
用时针细碎的牙齿
吞噬　所有永远的感觉

换季了
全部留恋都叫卖了
淡淡霉味弥漫

纪念日

在那个点亮橘红色电暖气的
小屋
你一个极爽动作
孕育出一个忘不掉的日子

它　就像我们的
一个孩子
在共同爱抚中　蹒跚着
越过春熬过夏度过秋
跨入它的第一个生日

深情约定
一生将它好好养育
并相约将它的生日
当作我们共同的节日

它从未向你有过什么索取
只是默默等着
只有水晶样的泪水
和玫瑰香心事
像珠串
挂在幽暗记忆

这一天到了
走过365个日子的日子
我为它选了礼物订了蛋糕
想把忧虑包装成欢娱

寒冬炸雷
你竟弃它而去
沉默一载的它猝然倒下
这个冰冷的生日
结冰了

窗外，无情寒风
疯疯癫癫
吹奏永远也收不回的曲子

想　你

想你的念头
像初春嫩芽
总在　不经意间
冒出头来
漫山遍野撒野

想你的念头
是农舍屋顶的炊烟
总在　收工后
袅袅升起
风吹雨淋　仍飘飞

想你的念头
又像潦倒烟鬼的烟瘾
时不时袭来
令人坐卧不宁

却百般无奈

想你的念头
是平原纵横交错的道路
向四面八方延伸
落脚可行　驱车可驰
却找不到头
望不见尾

这个深秋

太阳赖在乌云怀里
沉睡半个多月
城市蓦然打出霜冻白旗

所有挽留都回应无奈
温暖宣布无条件投降
跳动的乳房隐身了
性感被降温冷冻
孤独的目光探照往事
记忆之门任纷纷落叶
一片一片调戏

爱情缩手缩脚
在街头寻觅归宿
色情倒是在钞票掩护下
入浴池沐浴乳白蒸气

反正秋很深了
在你不在身边的时候
许多人渐悟
这时节
凋落大于收获

一套房子的等待

在许许多多她
苦苦等房时节
一套房子却开始
苦苦等你

总以为你会划一只小船
从对面小湖上　荡漾而来
总以为你会摇曳押韵脚步
从后面悠长小巷　逛街而来
总以为你会携儿时挂泪故事
打一辆红色的士而来
执意于　你会来呀

深知你早被
压抑的云层锁定
天然羽翼上

缀满　诡谲咒语

一天一天一夜一夜一刻一刻
时间在煎熬中扭动
等待强度似乎愈韧
别的等待也许会
混响怨恨与呼唤
它却默默
不吐露片言只语
只是擦亮所有门窗
掸尽风雨戏送的　细细尘埃
加热恒温的洗浴水
摆好粉红色软底拖鞋
在无望中
强撑希望

甚至在孤独中开始堕落
但在堕落中依然孤独地
等

11月14日

岁月翻过两个页码
散装爱恨漂泊到今天
你是一只最该远避的蝎子
可有毒的钩子却牢牢
钩住一颗无地可栖之心

所有理性都几近作废
所有诱惑都失去引力
季节轮回中
黄叶　一片一片坠落
神秘感应却如巫室炊烟
缕缕升起

如果时光可固化
我愿倾囊抢购最多凝固剂

将余生凝固成这个日子
让快乐与爱　永恒为
我们永恒状态

最后，眼含泪珠
在如水月光下
如水地说　谢谢你
谢谢这一天

盼 雪

太阳 又不屈不挠
升起来了
撩开银灰色窗帘
窗台麻雀和等雪愿望
扑拉拉 又飞得无影无踪

这个冬天
这片土地
居然没收到
云笺寄来的一朵雪花
干燥冬野
像那只空置已久的邮箱
空空荡荡失望着
两只破旧音箱
蜷缩街角 倾泻一首
声嘶力竭的老歌

怀旧感伤与上气不接下气
的冷风
在卖烤红薯大娘脚边缭绕
试图觅寻盼雪的知音

再过几天就是圣诞了
没有雪花的节日
拿什么来装点
那个敏感女人孤独心

城东十多里有座小寺
我独自步行前往祈祷
老天　下雪吧　下雪吧
为了明春绿油油的麦苗
和今冬有些干燥的她

独 语

一页　又一页日历
若层层尘沙
渐次掩埋从前

冷冷暖暖的思念
一片荒凉
孤风裸身掠过
沧桑曲调无人意会

尘封了重重叠叠的宝藏
尘封故事与眼泪
尘封棋谱和承诺
心田表层
不可逆转地沙化

试着栽种几株新树

可真心养分似已干涸
成活为零

无法对另一双期待的眼睛
说出那三个字
真的只能在心里
向她默默致歉

掩藏于幽深的
永久性建筑　　只有你
其他移植与临建
随时都会被放弃或拆迁

遗憾的是
昨天　　一步就跨进今天
今天却
永远无法退回昨天

曾相约

穿越冷冷暖暖季节
留恋远远近近相约
如春天举起一面面绿叶
在迎接秋实中　摇曳

曾相约　相拥默读
橘灯下任寂静轻翻书页
妙处　立即传阅
心照　拍手击节

曾相约　驱车旷野
枕蓝蓝夜晚凄切
一言不发牵手体贴
共看远山　星星明明灭灭

曾相约　背熟百首古诗

太阳色便笺上书写
一行行唐风宋韵浸润愉悦
翩跹化蝶　共蠹高洁

曾相约　潜入老村居住
看房顶炊烟轻托淡泊世界
养两条纯黑狼犬陪你
如需暂别
它们护你漫步飘雪乡野

曾相约　携童真回老家迷恋
觅那个拎凳爬梯找仙后座之夜
遥听奶奶呵斥
追忆对爷爷不解
还有咸丰年老房子后老桑树
是否仍住着乌鸦和喜鹊

曾相约　往红豆咖啡品相思
去玫瑰餐厅吃音乐
飞海南摘椰子
眼神交汇处泪语凝噎

甚至相约

我比你晚死一夜
叩开所有花店购所有玫瑰
覆盖你终结
再嘱亲友将你我骨灰拌匀
入殓同一个红木盒子
相融安歇

未曾想
一个个梦想在现实中幻灭
一绺绺秋风扫掠
无数曾相约
扑棱棱如断翅落叶
寒风撕裂　孤雁泣血
深秋夜
弥漫黑沉沉悲切……

昨晚酒后

昨晚　用餐
你在我身边
就像白绒绒鸽子
自由也自恋
落在米黄色地毯

因了那个白云观点
有些喜欢
也不敢演变
就如将一幅大量留白山水画
捐给藏宝的博物馆
也藏心间

昨晚
秋风紧贴窗玻璃窥探
玫瑰红酒懒懒蔓延

你在我眼前
却莫名思念
仿佛你驾驶朗笑
逍遥
远离这座城市港湾

散宴
似听见
涛声疯癫
纠缠　远远近近流连

今天初八

回忆像只老狗
蹲在记忆的小窝
摇了摇尾巴
依稀间
年　已飘过

爆竹血雨
流淌大街小巷
老者心知肚明
残酷现实
比留恋　更像刽子手尖刀
天空喷洒半天雪花
城市
似乎　伪装干净了
红屑白雪
掩盖饥寒交迫的干旱土地

物价的虱子
爬满希望的金身
痒不可耐？ 却也无奈
大家只好到银行
倒一倒小小存单
昨天加息

年
是过了
据说
佞者越过越富
慈者越过越窘
问及原因
岁月茫茫无声

中秋独唱

思念的鸽子落下来
时间探出手臂
充当枝丫

秋意驾落叶出山
萧瑟　　闲逸如羽
飘飘的　　淡淡的
好像无人驾驶的风筝

关于你的传闻
冰雹一样击穿往事
其实
所有执着
都会老迈
徒劳抵抗等于徒劳

向远方发射谢意吧
感谢你曾经无限绽放
也接纳不可逆的凋落
和凋落一样的寒意

秋蝉哑了
老人睡了

小院纠结

那座似乎被忽略的
小院
穿越二十个春秋后
像花一样
开放在周末胸前

你立即变成　小蜜蜂
翕动镜头饥渴采集

不知是激动包围了沧桑
还是沧桑围困了激动
总之
一时　难以突围

仰望空旷房顶
午后阳光

把早年的仙后座隔离了
老房子也被臃肿岁月压着
仿佛驼了背
倒是那棵梨树的等待
依然葱郁着不屈

老了容易繁衍伤感
莫名怀旧
像一架落寞老水车
吱呀地打捞远去的时光之水
恍惚间的寻觅
迷失了回归路径
也
找不出修复远方的序言

黑夜黑了

爱情浸在黑夜的黑中
偷窥几乎成本能

满世界
似乎找不到几根脊骨了
乳房刻意裸露
有的育儿
有的娱乐
有的叫卖……

时代换了内脏
夜的内容全黑了
阴谋与无耻重组
富人与权力联手
大量挣扎着的老实人
磨成新闻绣花针

无家花絮无聊地飞

黑吧　黑夜
稀疏的星星
像被打散的牙齿
无力闪烁
善良　真的老了
啥也啃不动

旧岁　新春

当两朵
无根白云
在梦游间湿漉漉
向彼此靠近
欢欣
便相互往对方扎根

野蛮风
在寒夜河川打呼哨
却也　惊不散
白云无目标寻觅

失眠梦次第苏醒
阳光　已爬在
无根的花格子窗帘打盹
茫茫寰宇

与渺渺尘埃
原在齐力移徙新岁月

又陷困惑
凡人好赖无法撤回了
只好　一直向前
可惜前方
看不到路的蛇腰

依稀龇牙的
还是隐隐的大大小小虎口
吞噬憔悴光阴

记　录

天命翻越后
日子打着跟头浑水摸乳
你的消息树一直躺着
街头又飘荡
红玫瑰裙子

据说往昔整体凝固
偶热思念
连一盏油灯也点不亮

从春到夜
几乎挤满生存与颓废
股票跳水
可怜众肺
仍夜以继日打理虚无呼吸

有人还在
用空空气筒为明天打气
你渐现干瘪
所有丰满与泡沫
皆无法引诱我
重返信任与欲望

远了远了

在一轮圆月
一弯缺月
不可能照耀同一句夜语

无果花

在一百首苍茫老歌
咏无花果时
我独弹新曲一支
陪一朵无果花

虽有丽姿馨香
却
不期待美好结局
也不抱世俗目的

从她打开第一片花瓣
就准备牺牲自己
就打算被春霜无端扼死

注重今时
不得不冷淡明日

开放一天独立一天
绝不向微薄希望屈膝献媚
沧桑过程不皆那么迟缓
巨变日子也许遥遥无期

无果花
我虽知悉
你清高脾气
却仍要因你祈求上帝
赐一枚　哪怕青涩果实

预 感

你心里有一个秘密
披露二分之一
留下那一半儿干吗
你说已然忘记……

一个黑色刺激
莫非能从脑际轻轻抹去
我真有些不愿相信
可也不忍生气

不忍伤你
却伤了自己
心隐隐痛
预感一个危机

我把心一骨碌给你

把躯体留在故里
你却把一半心给我
另一半深深藏匿

一轮圆月
一弯缺月
不可能照耀同一句夜语

吻

就像向日葵面对太阳
面对面
我们　滋生一股
难以抵御的吸力
不得不这样
就像瀑布挂在前川
亮晶晶的你
挂在我胸前

我们忘了身外世界
不管有过多美油画
不管有过多纯诗歌
此刻　我们自己
成了最魅力的艺术

愿天降四壁

愿地裂一缝
或者全城停电
抑或黑夜吞噬白天
要么天崩地塌
双双坠入那个总归要来的末日

要么　就这样
凝成那尊流行的《吻》陶塑
装进纸箱
搬进工艺商场那个最幽僻的仓库
被店员永远遗忘

旅途寄你

为表将发条拧紧
为车将汽油加足
630里山路
时针翻360度的跟斗
才能到达

身在晋南
意已飘到晋北
漫漫长路却仍泰然自若地
躺在眼前
坐的腰酸腿僵心意如麻
幸有南国歌手徐小凤
和北国红星李玲玉
伸出纤纤柔歌来按摩

将两张光碟

交替喂入车载音响口中
反过来折过去咀嚼
从晋南到晋北
哀婉的情歌飘了一路

旋转的车轮像旋转的光碟
长路是音韵
心是录音笔
12首歌牢牢录入脑际

等一个月色褪尽的夜
一首一首放给你听

思念冉冉

春雪徐徐飘
思念冉冉升
换季的你
是否还能像这雪花一般
开在我掌上
就结成透亮亮的水珠了
我不敢再有这样的奢望

想起你的从前
就不想埋怨你的今天
想今天的你
又不由得模糊了你昨夜的清纯
不知是你在变
还是我在变
还是生活在变
不敢仔细探问

反正　我见不到你的来信
也约束自己的食指
甭再拨你的号码
尽管思念还像一只
没断线的风筝
痴痴地飘飞

那个字

本想不再理睬你
一见你却笑眯眯
不想伤你心
不愿冷你意
总之还因那个字

本想不再去看你
可那个角落难忘记
不愿接近失望
不想压碎两颗心
总之还因那个字

如果不毁掉那个字
我们无宁日

记　忆

记忆对于我
铺开一片沙漠
有过驼铃
和几具骆驼骨架
已被岁月风沙掩埋

你出现
为我的记忆填补了空白
你是绿洲
你是我原始期待

每当我横穿　茫茫记忆
总要
总要在那片绿洲边
茫然徘徊

错 位

修长的美貌
是修长的死胡同
当我跑进去又返出时
却不能返归原有年轻
经历错　本是人生内容

你善感的心
是一座醉人迷宫
走进去陷入凄婉神志痴迷
忽然怀想简单如独木桥的
生活路
双脚已踩不着归途的尾巴

你何止是迷宫
亲
我怀疑你是一只蜘蛛精

吐千丝万缕柔情
织能伸能缩的蛛网
莫说骨肉之躯
就是悟空搅天宫的金箍棒
也
撑不破那片　柔韧

不再盟誓

曾有过山盟海誓的日记
存进岁月的档案柜
贴着骗人封条
盖着骗己的印章
初恋
我不懂爱之含义

今天我也不敢说已经懂得
面对你清泪染湿的三叶草
我只能缄默不语
牢牢囚住那
爱的盟誓

相依一天珍惜一天
尚且脆嫩的我与你
恐怕控制不好
往后那无法系缰的日子

依靠记忆

活在流行的情歌间
活在失神的舞步中
活在秦观的那行名句里
怎不愿承认心深处　那粒
坚硬而痛苦的核子

寄意于将来
托心于远山
总相信会有一个满意答案
却不肯估测岁月这个浪子
竟会交来一份白卷

无奈逼来
企图逃避
现代人总是拓展别样氛围
我说过　所有的

不可能都可能发生
可我仍做足撤退的准备
直撤到绝无粮草的荒野

靠反刍记忆
吸收生存之必需

轨　道

假如
你是这条轨
我是那条轨
相依奔向不可知的远方
却　永没有交会的一天

有同样的基础
字如碎石砌筑我们的生活
又有同样的被动
仿佛螺钉　被
固定在枕木上
与远方共谱一首又长又空的
远歌

多想相拥
依偎着走一段路

尽管这可能导致翻车

可试一试的念头从未断过

泥　沼

在那座海市蜃楼的
诱引下
走进沼泽地带
天空偶尔蓝
空气也算鲜
我们的心绪像小时候的小河

不知不觉陷下去
在阳光的烘烤下
泥沼那么温暖
不知你陷了多深
我腿已无法迈动

你快变作一只鸟吧
拍翅飞离这场灾难
我要沉下去

沉下去　融入老树的根系
再努力抽出新枝
探向高天
默默等候你栖息

老 村

过往 积蓄荒凉
老颈咔嗒回望
那座繁衍过许多孩子的老村
哎哟
奄奄一息了

貌似端庄屋檐下
蚰蜒以游动
书写无人关注的传记
村史脚趾缝
蹒跚隐隐口臭

骑时间黑乌鸦
赶集
无法歇脚的生命
开了谢

谢了开
村头老妪试驱幽会记忆

阳婆下敞怀
丈量最后呼吸

远方
变异诳语
一直编织蜘蛛网
捕捞嶙峋虫翅

孤鸦喃喃自语
似　无伴倾听
坡底大喇叭浑浊扬声
是无奈叮咛
也叮咛无奈

十月一隅

十月的臂弯
涂满　冷却剂
几乎
所有拥抱
都张贴　凉飕飕标签

你与夏日温暖结伴
撤退的意愿
若熟透之瓜
摇摇欲逃

如果有
另一纬度夏季的护照
你可能趁机飞过去了
无力的挽留
似晨霜

一隅苍白

你总在家里神秘着
等候下月的暖气
我在那条空旷大街徘徊
脚步翕动
剪断　归途

你的家很近
却　永远回不去
十一月打着红叶喊话
寒冷　夺了新岁先锋印

腊月安好

那几绺
古董样镀了包浆的思念
沉默为沉默了

遇有节日柔风
总催发几许玫瑰
本想托岁尾牵着的马车
给你邮递
可那些缺钙的花香
和冰封花蕊
已
禁不起冬末旅行

悄悄祝福一番呗
腊月安好
新春诸好
只要你好　世界就好

她还在

重新启动蜂拥难题

彼此点火器都有些显老

季节也寒冷起来

信则有不信则无

——给 Z

许是软水与硬土的关系
需缓缓　缓缓渗透
莫冒昧唐突　更勿单刀直入

许是太珍惜太倾慕
像在迷路深山老林
面对一朵洁白新花
和一粒草尖上透明圆露
只想默默　默默凝眸
不敢伸出这双红尘之手
去稍稍碰触

恐将你灼伤
更怕将你惹怒
你说过你讨厌赤裸裸

喜欢心中有数

你信命
我也信
有一本命书提示我们此生无缘
不合的舞步也曾使我心
暗暗觳觫
明知道无缘
却又感觉到
彼此有一股交流的渴求

然
我已在 A 洞深处
你也跨进了 B 洞洞口
一出悲剧眼看着上演
愿它久久不得启幕

没有开始
便不会结束

悼 她

如果那位相貌平平的
女子
在24岁时　感悟特异
若预测大师
预知她在京城
会被一个血淋淋的遭遇
勾勒一个没有未来的结局

她将无所畏惧
爱其所爱
厌其所厌
欲其所欲
领导父母兄弟朋友甚或上帝
一切　不屑顾及

可她茫然不知

甚至从未有一位异性真真切切地
送她"珍重"二字

她去了
大家还留着
留着不仅仅
为感恩
为负责
为虚伪
好像也不仅为那份夜夜不息的珍重

转过星期天街角
一双眼曾不可知地等候　隐约
等候那个忧郁而犹豫的倩影

为何冷漠

跨前一步
或
退后一步
都可能使心凝结安宁

努力尝试
总不见成功

前方是逆流
身后是顺流
双脚栖在独木桥上踌躇
也许　这便是你那
折磨人的朦胧意境

宁可相信这本是一场深深
误解

那么　收起孤傲屏风
将几片颤抖过的夜
用平静浇铸的瓷碟端过来
供你品尝

当你尽兴
喝声——呔

那颗心便猝然散尽
一切复归平静

同一天出发

明天
我进京　你上佛山
同一天出发
却不能走同一条路

只好向对方打个招呼
是怕思念牵痛她
却宁可相信是为初萌友情

心是孤傲屏障
谁也不愿戳穿
自尊是一条湍流
刚欲泅渡又退缩下来

所有机缘
都在对峙中逐一遁去

茫茫未来

我无法遥测

该牵　谁的手

咏 叹

我相信
那是一番虚拟戏语
却勾我心　绽一瓣希冀

一转身你轻轻飘走
宛然一颗无法回首的流星

所有爱情的结局只能有一个
可结局间藏身的
不可能是我

就这样
我还是朦胧地盼着
直到有一天
情怀被再一次击碎
还要心分几路

去追踪那个
多解之谜

有 一

有一棵孤树
总也不曾开花

有一堵老墙
总也不见倒塌

有一页怨怼
总也无法表达

有一腔情爱
总也无处挥洒

有一位姑娘
总也不能忘记
可惜我已无缘告诉给她

无　望

机缘
稍纵即逝
心尖感觉久久难退
读过你几个不在乎的神情
孤独心灵暗暗破碎

当你在意时
我心正无助地追悔
赶到我在意
你的热情似已包裹疲惫
我欲戳破那层薄薄的纸
邀你赴芬芳约会

走近窗前
却发现
你窗已被一层红玻璃包围

屋里有人陪着你
你在擦拭最后一滴眼泪

那段夜路

你在意一朵真的微笑
我难忘一串撩情的暗示
至今你的心扉
仍朴素地锁着
我荒漠心田
一时配不出钥匙

驱一缕
凄苦风吹去
掀你的心扉现一条缝隙
缝间似见你一只苍老的眼
另一只
年轻的明眸哪儿去了

信不信由你
反正自信往后不再属于我

不信缘也将演变为我的执着

忘掉那首诗　那封信
或许会使我终于解脱
只是
那段短暂的夜路
我会不由得记牢

疑 虑

所有花朵

都会　凋谢

所有呼吸

都会　停歇

所有新鲜

都会烟云般飘逝

所有爱情

大多会　终结

好想孑然超越

爱你永远　情似新月

又怕这誓言无法兑现

怀疑这誓言

本是一时之直觉

刹 车

你说刹车　就刹车
恰好今天我刚修过车闸
再往前　也许是
进退两难的沼泽

是不是　你
想将生活围成一面静静的湖
而我
却有些喜欢湍急的漩涡

那么　就此刹车
各自调整自己的方向盘

只恐
重新启动将十分困难
彼此的点火器有些陈旧
而季节也寒冷起来了

孤　帆

虽一身洁白
在无比空荡的海洋上
只有孤独

周围布满波涛阴险的戏谑
野风浪荡着
摸遍如玉的身子

一边前行一边远眺
望断天涯
也觅不着一星类似影子

海鸥也不知哪儿去了
晚霞揣着一天积蓄的碎金子
远远观望

夜

和孤独一样无边无际的夜

铺天盖地落下来

世界填满黑暗

只有等待

等待是最好的应变

尽全力避免折腰下海

随波逐流

不过是一阵秋雨

季节转弯处
小雨吐丝　编织清冷
泥泞恣意铺张
出门走动　难免湿鞋

那习惯干爽的灵魂
不再无名挣扎
霉变已久的城市
其实已成我依赖
我们　连大雁也不如
无法随着好恶迁徙

远方的远方
那里的温度还翘翘的
犹少女之乳
你说　你怕热也怕冷

我的盼望丢失了方向
不知该　向夏还是向冬

现实总是不听理想的话
把感觉　修剪修剪吧
鼓励它向上成长
还有
好好赚钱
好好睡眠

老 秋

饱经灾难撕咬
一个年头
眨眼就
老成了10月

浓雾多番填满高速路
片片落叶如泪
迎合街头杂乱脚步
一条关于光影的短信
翩翩
撩拨秋风胸罩
纯真　顿显寒凉落寞

纷繁菊花
躲在街角挣扎
苍苍岁尾摇响空旷钟声

肩扛毕业行囊的
一大群梦想
到处张望　也找不到
几条栖息的绿枝
就业冲动
被大批老单位的白胡子
百般缠绕

强作昂扬的歌声
振碎翅膀也无法起飞
年轻心田
流浪　流浪隐约萧索

就算爱情
在这降温季节
也向金钱投降了
热情的太阳
绝望地疏远我们

所有盼望　就此打住
搂着老秋一起冬眠吧

又一次降温

排山倒海冷气
驾狂风
侵略　老老城市

满街散落着
掩面而过的　孤单者
为金钱而昧心歌唱的人
从前台退到电暖气旁
穷不择路的人群
为生计
常常　在夜间投降

憔悴的秋姑娘
已无力购买化妆品了
只有那些冻红脸的叶子
在野外坚持虚假鼓掌

巍巍崇高
因呛风咳嗽
寒夜里
不知他们是无家可归
还是找不到回家的路

现实是明火执仗的蟊贼
盗抢着城市的正直与自信
风似乎要停
爱情们决定
出门　仰望星空
可　不得不防
脚底
那些咧开嘴的下水道

结冰的世界

仿佛

攒了多年的暴雪

飘飘洒洒地　缝制出

一个巨大的白口袋

在岁末

敞开冰冷口子

收缴了我们

全部温暖

粗粗细细　供热管道

尽管很老迈了

仍像一只

受惊的章鱼

挥动数不清的臂膀

开始与零下十几度对峙

城市
只好打着哆嗦
上菜市场购买生活
菜价突然长成高高的姚明
发僵的手脚只本能地退缩
恨不得缩回出生地

穿过正规电视镜头
温暖的希望用强光
镀亮漂亮话
在空中与寒风一起秀着

锅炉又坏的消息
从傍晚的冰面
又一次野猫般窜出来
幸好超市没打烊
口袋里的钱
还够换一个卑微的电暖气

这个结冰的世界
温暖女人很重要
比很重要还重要的是
要靠　自己温暖自己

那是那时

真爱与鲜花一样
总在最艳丽之后
滑向枯萎

不要相遇

为选择平静　我
选择每一个路口
避免与你相遇

不再热切地希望与你碰面
不再至诚地祈求上帝
将你降落到我身边
泯灭无遗了
所有梦想
暗淡心与漫漫长夜促膝厮守

眼与眼　莫相遇
心与心　别体会
不要再有火星溅起
在这寒冷季节
索性让所有一切
都　归依沉寂

心间所有易燃品
也都　深深藏匿
任时间地窖将其封为野史

暗 想

有一个日子
也许　你营造幸福
不容我不投去深深祝福
可这日子我会隐隐痛苦

痛苦莫非是别一种幸福
否则
为什么我不能将它远远抛弃

是不是
你渴望这个日子早些降临
我却幻想日历会将这日子开除
你想出海
我想返航
同样是渴盼
却不是同一个方向

昨 天

很远了　昨天的你
可我　为什么还能感受到
一颗心的延伸
吉他声浅浅　也
很远了
可你的清泪
怎又凝成我残梦晶体

既是一时冲动
那便是昨日游戏
早该忘记
为什么还要
求助于一个渐渐过程
为什么会用毛巾擦拭湿润的眼

昨天　很远了
苍茫如赴死前的告别
你　也很远了
为什么仍清晰　如黑白版画

散发幽怨

不是不想将你　与昨天
一同从记忆黑板上擦去
而是　不能够
昨天太多了
而你　只有一个

孤　树

既然

你面前已没一个

值得信任的人　那么

我眸中唯一的那位

可信的人也便悄然退隐

从此　我将我自己

变成一棵枯死的孤树

独立于寂寥大漠

勿再起风

免得摇起我　已经

沉淀到根部的苦

更不要布云

免得我与泪水告别已久的眼

再湿润

封闭曾大睁着的芽眼
收起蠢蠢欲动的枝条

祈求永恒平静
无爱　无恨
不再老
不再年轻

枯死的孤树
与自然不再有距离
淡定到感受不到
所有的存在

梦里梦外

梦里流出的一首诗最好
流到梦外
却再也无法寻找
梦外遇见的一个你最好
走入梦
却拘谨着　不敢与你相握

你是诗
诗是你
两个点上铺设的情缘
可感而不可触

憧憬蜕尽
心境赤裸裸无一片遮挡

我感觉我已失却了现在

甚至
一角未来
你已凝固了薄翼
归守　一颗密闭的茧

冷言冷语

本该是储在琼瑶笔管里的女人
为啥硬要自己做三毛
匹马独闯

不要以为紧缩距离就等于接近
而不在于心念
有的离别
仍是一架单车上的两只轮
依恋在于本来
有的纵然相拥
却依旧远隔　像此山与彼水

罢了　缘随天定

生活不能悔棋

若问走过多少步
早已记不起
回首　多岔往路
只觉当初像1958
走得太急　太急

报应的　是一盘
七零八落的残棋
丢子的丢子
迷失的迷失
下步走啥棋
相对无语
手指紧捏　沉重凄迷

假如允许重走
可能是崭新布局

然而　岁月不能退
青春不能退
生活　不能悔棋

何况　你我　原本是
命运方格间的小士

情缘如烟

情缘如烟吗
当我伸手过去
已　飘得很远

是不是有风
是的　岁月风
刮得十分吃紧
或许有风沙
颤抖的日子
总有几个补不上的孔
筛出眯眼灰尘

结尾后只能是新的开篇
旧梦与新梦间
谁也凿不出一条隧洞

我欲转身远去了
告别幽幽飘远的烟
我要低头远去了
忍痛撕去那页玫瑰梦
归守花果山
不再手持真诚
为你易变的心护行
西去路上多叠嶂
朋友　好自珍重

永远的误

一个深深的误　谁都会有
可我的最深
一段沉沉的情　谁都会有
可我的最沉

不是玩深沉
只恨点点滴滴往事
如盐　洒不尽
蜇我绢花一样不谢的伤痛

回望　是一汪深深误
远眺　是一片无边无奈
能说什么
对你唯一的传送
是这斩不断的思念

无处避雨

浓云蜷缩着
恍若刺猬
惊雷一敲
顺势乍起无数密密的刺

这条街没空白
所有房间都有男主人
你的木门虚掩着
一缕忧伤　随琴声飘出

想躲雨
能不能走入
我全身上下没一毫米的地方
未被淋湿
而你
只有胸襟上的两三滴

别意苍凉

要别就别
何必随意掷过来一个噩耗
击中我

自古
所有聚　都要散
所有真爱皆难到达
尚存一绺依依吗
依依是幽幽远韵间的空灵物
不能铺在足迹里

智者毕竟不如愚者
注定是独闯人生
闯到天涯看夕阳
原来　句号就是零

多年以后

那片
洒满金币的树影里　我
用泪滴钉牢一把双人椅

然后等你　远远地

你说过
他会先你而去　命定地
当　数十列365次时间快车
呜呜驰过……
你　臂戴黑纱　终于
坐上这把斑驳的双人椅

那时　你凄凄背着脸
不允我看你
我也背转身

决不看你难悔的残局
唯恐看穿那片美丽记忆

老椅子上
背靠背　我们交换疑虑
能否　用串串老泪
谱一支
最后的新曲

寻觅你

如春风巡视
每一颗春芽
我的眼浏览
每一张清爽的脸

你是否会
走过我独步的街口
要是　务请回首
这双忧郁的眼
此刻　正咕嘟着渴望

愿你是雨
淅沥而至

若你未能回眸
便是无缘

仿佛月亮与太阳

遥遥依恋

却　从不能谋面

同抽一盒烟

就这　一片黑黑夜
就这　一盒白白烟
一根接一根
与你同抽
直到烟盒瘪瘪
再　点燃

伤感不打烊
像屋里这烟　总在半空悬
不要再说一句话
默听雷声在心底匍匐
隆隆地　震裂夜

东方的红唇间
太阳的红烟头
弹落一朵朵云的烟灰

所有烟支都已抽完
屋里的烟　你　我
怎么还在缭绕

你是一枝叶子

双唇轻抿　似一片叶
眼睛闪闪　像
两片叶
双目双掌双眉是并蒂叶
苹果绿丝巾　深绿夹克衫
都是软软的芭蕉叶
你是一枝纷纷的叶子呀
在我　灼热而忧伤的目光间
摇晃了一个季节

绿色的衣装哪去了
为什么　周身上下一片憔悴
是不是　你叶丛间的心果
蓦然熟透
却坠入别人怀抱

而你　便永无归期地
凋落了
美丽的叶子呀

卡拉不连OK

手握冰凉话筒
心溢漫漫无奈
乐声刚起　泪珠便
挂满双腮

多少长夜
藏匿多少期待
爱浪朵朵　灿如桃花开
却不敢对你表白
卡拉后面失落了OK

喝尽辣酒苦咖啡
随意夹几根小菜
自谓平淡的你
为啥卡拉得那么悲哀

我谢幕　你上来
只有一个话筒的小厅里
你我不可能同台

今生
卡拉不能OK

怀 恋

我所迷恋的那个你
似乎已在一个夜间逝去
留下　怀念与伤痛
编织的花环

我该远远出走　去异域
月牙瘦瘦拱起
心如独鸟
在孤夜的惆怅间
无枝可依

真爱与鲜花一样
总在最艳丽之后
开始枯萎
恍惚吗　你说过
时光会冲洗所有忧郁

只是
在月亮变圆的夜里
凄清小窗前
变异的你　能否缓缓
缓缓地　放映一次
我们美丽过去

好梦易碎

暗暗告诫自己
过去的你已然远去
为什么　为什么
昨夜　你竟又
依然如故地闯入梦里

失望于所有
不再期冀暗夜里
会飞起一只明亮的鸽子
甚至　想掐灭所有梦

为什么我在北方漂泊时
你又远远赶来
在梦中　为我
开启你屋子后门

我不太情愿从后门
走进你屋
更不想开口复述我虚妄
怔怔想
这该是梦

哦　好梦易碎　易醒
乍醒来
眼睑的泪　与
窗外柳枝上的雨一样
构筑清冷晶莹

河流流浪

注定是　永远流浪
跑跑……走走……
我的配乐间
没一个休止符
日记里也找不出一个驿站

河川　早已定位
试了几次越轨
失败是当然结局

我的祖祖辈辈
都是顺从这条狭窄走过来的
我会有什么突破
不敢　预言

不是没有同一方向的旅伴

可她也被不变的河道
拘禁着
无法泛滥

想改道吗
河西　河东
最少也得苦等30年

30年之后
我清纯的汁液可能
早已　干涸

缘起缘落

我转身离去时
总觉　背后
一道目光哀哀婉婉流来
你抽身远走时
又有一缕什么
牵痛我心

这就是一道一缕的缘吗
可当我俯身捡拾时
眼前只有冰冷冷的鹅卵石
和　凋零的残红

花开花谢
缘起缘落
轻抚那片伤痕斑驳的夜色
我变得什么也不愿相信

花谢后来春还可再来
缘断了却不敢指望再续
好木易折
真缘易损

有过一段就够了
所有缘
都不会无穷延伸

一年纪念

地球　匆匆转了一圈
我　深深恋了365天
就这样画出第一个圆

是不是有一线前缘相牵
总也无法挣断　浓浓淡淡思恋
不是我的最初
却　有可能是我的最后
真情　好像已倾囊付出

去年今天　是夏天
我开始为你身心辗转
并　将绵绵情思注入诗行
明年今天　也是夏
不知我还能不能
有幸画出第二个圆

……

以至圆圆相连织成长链

伸到很远　很远……

以次　传递

死后的爱恋

初观《滚滚红尘》

最无价珍宝
藏在最不为人知的地方
至情至爱
埋伏最阴暗角落

几乎所有真的人
都为真的爱而终生寻找
滚滚红尘后
远走了　三毛

有人找到一位
能顶一万个女人的好女人
所以终生只爱一个女人
有人因为找不到
一生可能会爱一万个女人

远近高低

站多高　也看不清
你脚步的方向
挨得你多近　也
瞧不见你眼瞳的流露

你是　另一格式的女巫
定居在雾起的　幽谷
纵然出门散步
也不带灵魂

极度奔走后　是极度倦懒
深爱后面　酿造着深恨
不想否定将来的自己
却也不愿
放弃现在的　真意

回　归

早就料定自己是一个
孤独自怜的浪人
为什么还要苦苦寻求
结伴远游

最多带一个随身听
让两耳灌满最忧郁的
萨克斯之秋水
不要希望　任何
任何希望都不要

就这样漫无目的走下去
走下去
不见最后句号
绝不回首
免得并不记挂我的人
看见我的泪

周末夜

是谁陪我
涉过这片
荒无人烟的夜
是诗　不是你

是谁为我拭亮蒙泪的眼
是月姑娘　白纱般冰冷的光线
不是你　颤抖的指尖

你真的没感觉到
我在求救般地等你吗
当夜帘子挂下来时辰

总以为你会巧攥晚风悄然而至
总以为　你是那种　那种
为了真的生而甘愿赴死的人

好热的夜
好冷的心

再次蜷缩进
孤独沙窝
眼角蠕动的　不再是泪
而是
颗颗沙粒

心 情

身在城内
心在城外
城外有一株忧郁玫瑰树
淡淡馨香默默传送

有声音次第飘来
出来哟
摸摸身边
却是一排排褪色栅栏

行路难　难行路
进城　出城
凭此一生
打不了几个来回

叹　号

既然掠过一个
滴血尖刀般的叹号
对不起　朋友
我无法留住
那个晨露一样易碎的梦

那是一片静如荒原的深夜
容不得一点点噪音
那是一腔没有设防的坦诚
受不住一丝丝震动

既然你把一个光洁而细腻的
奶白瓷瓶
碰裂几条缝
既然你把满满一杯没有沉淀的
自然清泉

撞翻了
对不起　朋友
我不是飘逸的神仙
也不是万能的水龙王
补不合那些缝隙
收不满那杯清清水

一晃而过的穿堂风

在我意欲追梦时刻
徐徐的你
蓦然揭开我心扉
温馨地　为我吐送
天然快意

一阵炎夏穿堂风
来得那样意外
走得那样着急
匆匆地　一晃而去
不留一点点气息
只撇下
我烧灼的感觉　隐隐地

梦已真正散
你　也远远去

失落的我　一片迷离
再也找不着自己

本人本夜

一个　又一个
美好和不美好之季节
在我记忆大殿　留不下几丝踪迹
这个短短黑夜
也
随我生命　同年同日
从这个世界上飘逝

黑色的一方空间
铺开两颗百合一样纯白的心
不求承诺的爱意
美得接近飘逸
真得颇似梦

10年后还会复制这样的夜吗
我问

你说　不敢测定
现在是40岁心情
10年后是50岁淡定

试 图

试图信任　每一个好人
试图相信　每一句好话
试图通读　所有好书
唱会所有好歌
记牢每一位　好朋友的电话号码

试图回复每一封
俗俗雅雅的来信
试图将所有明天打扮得如诗如画
试图挺着腰身　走门串户
试图远避权贵　免遭欺诈

试图不再在乎你
试图情附秋叶　心随落花……

有限生命

被无限试图一寸寸剥蚀
可压不住的心念还在
试图着什么

如果有一天

虽广袤而深邃
却不是纯蓝海洋
而是无水沙漠

如果有一天接近你
骤然发现是这样
我该咋办

虽温柔而真切
却不是挂露清晨
而是荒淫的夜

如果深入你
突然品出个中滋味
我该咋办

勿怨勿悔 勿怒勿悲
铭记灿烂过程
而不是凋零结局

弥漫的真

浩浩宇宙间
飘　小小寰球
小小寰球上　隐现
米粒般的我
针尖样的　我心

我　渺小得接近无
可从我　从我心
一片无形无味无色的东西
无边弥漫开来
将它与一望无际的黄土比
黄土也比不过它的苍茫和深远

因你而至的真呵
是一种永不停息的弥漫
笼罩昨　笼罩今　笼罩你
笼罩我心到意到的地方

送夕阳

最难忘　你
最后回首时一眼
泛红圆脸上
写满怅怅流连

带走所有光明
留下漫漫长夜
覆盖我孤单

只能
只能默默期待明天
明天归来时
有晴无晴
恨天气预报
报不出准确预言

孤　者

不是只爱流浪
只因心
找不到相适海港
人生汪洋上　四望茫茫
我也不知　该向何方

近水有远山作为依傍
白云尚可盼到黑夜的月亮
我却只有行囊里
无名忧伤
和日记里
淡淡凄凉
抛洒所有热望
晃悠悠　权且无奈飘荡

一生中

一生中
能有多少微笑属于真
一生中
能有多少语言是心里话
说起来　欢声笑语
所谓快乐时刻也有一些
可到头来
怎么仍　怀揣一颗苦涩心

一生中
能有几次爱情像百合
一生中
能有几位朋友趋永恒
想起来　深情厚谊
诚挚过的男女也有几名
可到如今

灵魂依旧依托　一副孤寂身

一生中
能有几天纯粹没烦恼
一生中
能有几束希冀能兑现
悄回首　理想信念
漫漫长路摄录的脚印够深沉
可行囊瘪瘪　一事无成
还　破碎了一弯年轻梦

一个人　一生到底求什么
出出归归　分分合合　生生死死
……
莫非就为画出这许多空空零?

送你一片夜

白天太杂太假
送你一片夜
一角属于你我的世界
静静地
斜躺着自由
期盼与原装的真

一个月
只有几瓶醋和酱油一样的薪水
酸酸的　咸咸的
我是一个穷小子
送你包金镶银的豪华礼品
只能属于遥远梦

送你一片烛光夜
没俗套　没圈套　没外套

在无边黑暗中
撑一片小小光明

就这样　将文物一样
不可再生的今夜送给你
陈列在你记忆博物馆
最好别让游客拍照

送你一片夜
只是别太深
真的　别太深……

散装的爱恨

在许多许多婚姻
像烂了瓢子的瓜
可大家还回家
无奈苦和辣

陌生契合

弯弯流来
一封陌生信
如果　我心是久旱之土
请给予
意外而清纯滋润

柳叶般隽永文字源于何处
是不是一片注满泪　又
饱经挤压的心田

莫非　是那几叶素洁雪花
为你驮来些许温暖慰藉
使你原本封冻的手臂开始蠕动
仿佛娇柔蚯蚓
在黑暗中前行　为
空荡荡的眼寻觅一星光亮

那么　我
可否成为你陌生的契合

想听你钢琴般的语音
更悟你深秋一样忧郁
然而　又怕
手与手—相握便握成桥梁
遂而失去
隔岸遥望的神秘

老友是故乡

假如　分别后
因为心的简陋
我们置办了新友
那是现代城市的商品房
一样的格局
雷同的引诱
许多　许多人都可以拥有

而你　是我们最早的故乡
原始而忠厚
天然内秀
忘却　没有理由

挥挥手　请你上路
将无边伤感埋藏心头

撤离月台
我们可能一同走进新城新居
可故乡的氛围
却不可能　因为走进
便能够走出

反会在月圆的静夜
随飘飘月光回首
一滴一滴　洒泪
一寸一寸　重游

飘零的裙女

你太热的心
总在蒸发
蒸发成
袅袅歌声汇入头顶白云

而头顶的白云
也在集聚
集聚飘逸不动的沉重
再　碎作滴滴点点洒落
承接的只有土地

连最幻想的白云
都换一种形式落到实处
千万别再信身外的梦
莫信最深处的情
会达到遥远

今天正与我们握别
明天不会没有陷阱
多优美的陷阱　也是陷阱
放慢脚步
是唯一提防

不　变

过了一天　又一天
天天看几张虚假的脸
过了一月　又一月
月月只有几千元钱
过了一年　又一年
短短生命化云烟

能不能给我一角不阴天
把紧身衣换成宽松衫
能不能冰凌旁边送温暖
希望心田　渴望眼

不变的家庭不变的妻
不变的房间不变的烦
不变的天地不变的街呵
不变的伤感茫茫然

不变的日子不愿过
不变的无奈难排遣
不变的城市多变的心
永永远远　　入不了禅

无家有家
——以此诚献我同龄朋友

许多许多的心
在家里安不了家
许多许多的爱
生根谢了花
许多许多的男女
为情而挣扎
走出家门外
他们还　装潇洒

许多许多的话
骨子里掺着假
许多许多的眼神
罩着冷漠纱
许多许多的婚姻
像烂了瓢子的瓜

可大家还回家
无奈　苦和辣

三千年的传统
压得人没办法
千头万绪的生活
箍着无爱的家

城里的流浪儿呀
在单元里成了家
有家却无家呀
常常　想老家……

这段心绪

长长的
一万句甜言蜜语
终会　随风飘去
短短的
一小段随缘默契
却在心底刻印深深轨迹

不是所有花
都结果实
不是所有爱
都有结局
不是所有船
都能靠岸
不是所有城市
都遇知己

只是　这一段
纷纷心绪
都缘你而起

怜你　想你　梦你
不！忘掉你

给红女

像一颗种子　你
飘入南国神话
生根乃至发芽
怅怅远离了　老家

命运没为你扎一圈
爱情牢固篱笆
反而随风扯一缕
妈妈　妈妈的牵挂

想做你身旁岩石
护你结果或开花
可我是北风荡来的一撮泥土
只能临时　培在你脚下

等不到春深花开呵

候不到　秋熟摘瓜
留下深深祝福
时针舞剑　逼我开拔

留不住

天空留不住小鸟
风帆留不住海鸥
钟表留不住时间
心灵留不住欢乐

树叶留不住晚风
农舍留不住炊烟
日历留不住岁月
家庭留不住爱情

道路留不住奔马
河川留不住水流
生命留不住青春
躯体留不住生命

人间留不住永恒
留住的只有遗恨

阿 梅

在风情南国
有一个小小酒家

小小酒家
飘一朵小小阿梅

小小阿梅
有一个小小心愿

这小小心愿
不过是求一首小小小诗

不舍得

你总是有意无意瞒我
令我好失落
可我不揭破
只因不舍得

你总是有心无心伤我
深深刺痛我心窝
我也不言错
只因不舍得

你总是莫名其妙发火
将我珍藏尊严烧灼
好想远远躲
还是不舍得

你隐隐约约轻视我

因我无力提供太多挥霍
我也不辩驳
依旧不舍得

你是屡经风霜的花朵
本该小心躲避命运折磨
你却执意苦苦开放着
谁料收获弃置的苦果
怨你？恨你？离开你？
无奈不舍得

整个城市都在堕落
金钱比爱超胖了许多
男男女女放弃原则
担忧你
就此逐流随波
而这
是我最大的不舍得

空 心

时间　似宽容的流水
哗啦啦
淘去　对你的恨
留下　对你的真

谁知　一见你
已遥远而陌生
夜幕下　你说有些冷
可所有话题却像当今所有眼睛
热扑扑地
围绕一个
金

多少个夜之黑褴褛
裹护着的梦中神圣
却被现实重锤　砸为粉

又在泪水冲刷下
混作小酒吧旁车轮上的泥泞
好悔　为什么
不永远梦　而会醒
大片大片的爱
宛如秋风梳落残叶
弓着无奈腰肢
凋落纷纷
谁能在瑟瑟秋夜
找回那份
曾绽放无限柔情的嫩春

午夜　空空

真爱如细瓷

真爱是双方
在特别缘分　特别火候下
特别烧制的　特别娇贵的
细瓷
特美丽
特脆弱

千万别用利器去碰
既然碰了
千万别有裂
既然有了裂
千万别裂成缝
既然有了缝
千万别再碰成碎片
既然碰成碎片
就一块一块地

把碎片捡到记忆深处珍藏

千万　千万
别再把碎片抛向街头
满不在乎地
让野风吹　让苍蝇叮
千万别

否则
变味变质
就永不可逆转了

夏街秋意

在热辣辣的夏街
为忘你
我深呼吸
居然嗅出晚秋萧瑟味儿

大街　仿佛一株秋风中白杨
奔走人群
若　落叶纷纷

莫非所有日子
都已无可救药
所有爱情
已被失望沙漠掩埋
所有思念
都流向了狐媚的金钱

反正楼房越来越挺拔
尊严越来越萎缩
反正女人越来越娇艳
世界越来越丑恶

舍弃所有
得到全部

不在于

不在于吃什么饭
而在于跟谁吃
不在于　住什么房
而在于跟谁住

不在于　到哪里去旅游
而在于跟谁去
不在于　玩什么
而在于跟谁玩

不在于　走什么路
而在于跟谁走
不在于　坐什么车
而在于跟谁坐

不在于怎样生活

而在于跟谁生活
不在于你是谁
而在于有没莫名感觉

给 L 女

独坐迪吧
四周眼睛　宛若
扫来扫去的微型探照灯
此刻　谁能探明
这颗装满曾经的心

你是一艘渴求淘金的船
阴黑的欲望
早已漂向未知海滨
细瘦的桅杆
随时可能受制于
粗野的　海风

我等
居然等了一个春　又一个春
明知你不会回航

还在等
最怕　你一旦触礁
承受不住
谁也不懂得　伤痛

我是一片宽宽窄窄的码头
似乎什么都可以拒绝
又　什么都可包容
包括最爱之后的最恨吗?
多少次　我凄然
发问

那朵玫瑰

那天下午3点
太阳　红红的
照耀初恋城市
鲜花店冰箱白白的
飘一缕冷气的白须
吐出一朵红玫瑰
那该是我灿烂心

那夜10点
红玫瑰被你丢弃
摇落的车窗
像夜的眼睑一闪
红玫瑰坠落
像一颗血染的泪

雨后心情

雨霁后星星
像白花花野花
开遍天空
想你的心境
天一样无涯
星星一样数不清

真不知
该进该退还是该停
一颗心
仿佛风车
处在蹦迪的狂风中

你的翅膀是自由的
而我早被牢牢锁定
就算能够挣脱

我也没信心
恢复比翼本能

收情
离开你
才是对你真正的真
别的　别问

桥断了

一次小小车祸
居然把一座有望永久的小桥
撞断了
这年头　除了金钱
好像没什么不脆弱的

习惯了
每晚　踏桥而过
到小雨淅沥的对岸
轻吻百合般仙女与童话
并把清雅灵魂
寄存在那边的　木屋里
混工资的这边
只需躯体

可　桥断了

能否修复还是一个巨大问号
更糟的是　这个世纪
几乎所有河水都被
污染了
入河漂游　风险重重
灵魂　你能
自己归来吗

问女人

有人给你
有人护你
有人宠你吗

有人追你
有人诱你
有人等你吗

有人哄你
有人逼你
有人懂你吗

有人夸你
有人辱你
有人恨你吗

有人吻你

有人睡你

有心　陪你吗

男女关系

身与身相连
易
钱与钱相连
较易

心与心相连
难
灵魂与灵魂相连
尤难

灵肉久久相连
比登天
还难